아프니까 사랑이다

아프니까 사랑이다

소암 시집

문지사

가슴이 아름다운 사람

가슴이 아름다운 사람과 만나고 싶다
아름다움을 보면 감동하고
글썽이는 눈물을 보면 슬퍼하고
불의를 보면 분연히 떨칠 수 있는
가슴이 따뜻한 사람과 만나고 싶다
그런 사람이라면 차 마시고
한 오백년 같이 살면서 피와 살 섞어도

아름답고
상쾌하고
향그럽다

해지는 저녁 노을 같이 바라보면서

아침 이슬 같이 밟으면서
호박빛 차 한 잔 같이 마시면서
머리가 수정같이 맑고
가슴이 불같이 뜨거운
느낌있고 눈물 많고 차가운 사람아
용기 있고 슬기롭고 정다운 사람아

차 한 잔 마시고 싶다
차 한 잔 나누고 싶다

옆에 있어도 없는 것 같이
옆에 없어도 있는 것 같이.

차례

2 사랑의 꿈

3 아이유가 좋아

4 흥국사에 행차하신 영조대왕

5 묵은 때를 벗기며

해설

1 통일로 가는 열차

제주에서 백두까지

제주에서 부산까지 뱃길 천리
부산에서 백두까지 육로 삼천리
백두에서 흑룡강 만주리 오천리
동에서 서쪽 남에서 북으로
종횡무진하는 새들은 자유롭다
일제 36년 해방 74여년
도합 110년 한세기가 넘은 세월이다
황금돼지해에 남북열차가 막힌 길 뚫고
북으로 베이징 러시아 중앙아시아
몽골 거쳐 바이칼로 가자
모스코바 지나 핀란드 노르웨이로
동구 북구 서구 남구로 가자
지구 길이 이어졌으니 북미 남미인들 못 가랴
일만년 전 파미르 몽골 부족이 동서로 흩어져
몽골 인디언 단군 북방민족 디엔에이가
세계로 퍼졌거니와
이제 세계는 아이티 문명의 융합으로 다시 모인다
헤쳐 모여라
피를 섞고 살을 섞고
땅을 합하고 디엔에이를 합하라
본래 하늘은 하나이고

해와 달도 하나 지구도 하나뿐이다
인종도 이념도 종교도
가진 것 많거나 적거나
높거나 낮거나
남자도 여자도 어른도 아이도
황 적 백 흑인도 본래 하나 본래 한 뿌리
황금돼지해 올해는 황금 열차 타고
금강산 백두산 평양 신의주로
명사십리 해당화 피는 원산 해수욕장 가자
진달래 피는 소월 고향으로 산유화 읊자
고구려 발해 예맥 고조선 조상들의 땅 밟고
베이징 몽골 거쳐 천오백년 전 실크로도로
세상을 한마음으로 사랑하자
큰 가슴으로 품어보자.

겨울 금정산을 바라보며

온천 2동 연구소의 뒷문 열고
금정산 끝자락을 바라본다
춘삼월에는 연한 녹색이 파릇파릇하고
오월이 되니 산이 녹색 비단 융단
팔구월 지나 시월이 되니 붉고 푸르고
노란 오색 단풍이 물감 칠한 듯
수채화 한 폭이다
삼천리 북쪽 머리는 백두산에서
북과 남지나 태백산맥으로
동쪽으로 금강산 설악산 영축산 금정산
서쪽으로 지리산 월출산 무등산 내장산
두만강 압록강 이남으로
대동강 임진강 북한강 남한강 낙동강
영산강 금강 백마강 줄기로
오천년 역사의 구비구비로 흘러라
수억년 신령한 산맥들의 수호천사여

깊은 숨 들이키고 들숨
천천히 숨 내뱉는다 날숨
미세먼지가 기승을 부리다가
오늘은 다시 쾌청하다
미세먼지는 한동안 사라지고
안도의 한숨 쉰다.

통일로 가는 열차

남남북녀 손에 손잡고
아리랑 부르며 열차 타고 세계로 가자
막힌 남북길 뚫고 길을 이어
부산에서 원산으로
목포에서 평양으로
허리띠 이어 올라가자
가다가 숨차면
서울 개성 금강산 쉬어 가자
두만강 건너면 백두산이 보인다
압록강 건너면 고구려가 보인다
신의주 건너 요동 벌판 지나서
중국땅 밟고 북경 몽골로
백두산 올라 훈춘 러시아로
가다가 힘들면
바이칼 북방 민족의 어머니 품으로
천산산맥 파미르 중앙아시아 산맥으로
아버지 말잔등에 올라 세계로 달려나가자
세상의 끝까지 열차는 달린다
오천년 만년 전에 아리랑 부르며 내려온
그 길 향하여 잊었던 고향 그리며
아리랑 부르며 올라가자
통일의 열차 타고 세계로 가자 .

남북철마는 달리고 싶다

90년 7월 동서독 가로막는 베를린 장벽 무너지고
동·서독 통일 구소련 붕괴 동유럽 독립
89년말 글라스노스트의 고르바초프는
드디어 공산제국주의 철폐하고
전세계에 자유 평화 공존을 선물했다
그 뒤 이어진 동유럽제국과 몽골도
소비에트 공화국에서 독립해 자유국가로
평등과 반제국주의 기치로 혁명의 깃발 든 지 70년
세월에 좌파 깃발 내리고
자유 평화 탈이념 탈정치
비권위주의적 민주주의로 탈바꿈

21세기에도 전쟁의 포성은 들리고
세계의 화약고는 건재한데
길 잃은 남북 철새들만 DMZ에서 둥지치네
가시철조망과 지뢰, 총과 대포로 무장한
남북 군인들의 앳띤 얼굴은
차라리 장남감 갖고 노는 천진동자 같은데
무슨 원한이 사무쳐서 아직도
이 땅은 지옥의 전사들이 활개치는
아수라신의 전쟁터인가

아니면 전쟁의 포성 끝난지 67년
지속된 시한부 천국인가
아직도 이 땅은 미제국주의 핵미사일 핵잠수함 핵폭격기가 날고
핵발전소로 번영과 평화 이루나니
보이지 않는 저 하늘 위에서 제우스신은
이 땅을 내려다보며 천둥번개와
1억톤 불벼락을 준비하고 있는지 몰라
폭염은 멀리 가고 서늘한 가을바람이
평화를 노래하네
풍요와 쾌락의 계절이 돌아왔네
고통과 번민은 잠시 잊자
불면의 열대야밤도.

콩까페에서 평화를

-백두산의 전설

옛날 백두산에 검은 용이 살았다네
천재지변 일으켜 가뭄과 홍수로
마을 사람들이 살기 힘들었다네
어느날 용맹한 장수가 나타나 악룡을 물리쳤다고 하네
큰 자라가 나타나 마을 사람들에게 재앙을
어느 할머니가 가르쳐준 대로
포수가 낚시로 포획해 재앙이 사라졌다고도
민족의 영산에 온갖 전설이 많네
수십년 전에는 용을 닮은 괴수가 있었다
그 뒤 자취를 감추었나
깊이 214미터의 큰 담수호 천지물은
마르는 법 없어 압록강 두만강의 발원지
한동안 백두산 화산이 폭발한다고 야단법석
요즘은 잠잠하다네

평양에서 역사적인 남북정상회담
두 정상이 손에 손잡고 백두산 장군봉에서
천지 감로수 담아 한반도 평화를 기원하네
온 겨레와 해외동포들 세계인들이 보고 있네
식민지 분단 세월 백년이 넘었다네
90넘은 이산가족들이 애타게 기다리고

이산가족 2세 3세 4세가 목놓아 불러
고향땅 밟고 부모님 산소에 가려네
이제는 늙고 병든 형제 친척들 보고 싶네
꿈에 그리던 고향산천 가서 평생의 한을 풀리라
백두산에서 남과 북이 만나
태평천하를 논하세
세계평화를 노래하세
근심 걱정 떨치고 전쟁 없는 세상을 만드세
백년간 쌓이고 쌓인 설움을 목놓아 부르라
오늘 위대한 민족을 낳은 베트남 천년 고도 호이안에서
한가위 밝은 달 쳐다보며
수만의 한국인과 다양한 국가 시민들이 한데 모여
세레나데를 노래하네
콩카페에서 코코넛 커피 한 잔과 보름달과
늙어 어수레한 삼인조 악단의 흘러간 팝송 들으며
베트남 베트콩의 전설을 노래하는 콩카페
여기서 한국까지 9천리
비행기로 4시간 반
부산에서 함경도
목포에서 신의주
서울에서 평양

한라산에서 백두산
마음먹으면 한두 시간이면 된다네
마음도 멀고 몸도 멀이
70년의 기나긴 세월이 흘렀네

백두의 전설은 마침내 평화를 이루네
위대한 한민족의 살아 있는 전설을
단군의 얼을, 그리고 세계평화의 위업을 .

(2018 .9,24 베트남 호이안에서)

〈시작메모〉

8일째 베트남의 다낭과 호이안에서 홀로 여행을 하고 있다. 수년 전 와 본 곳이라 낯설지는 않으나 그동안 한국인이 이렇게 많을 줄 몰랐다.

들던 대로 베트남이 한국인 제1의 여행 국가임을 실감한다. 천년고도이며 양쪽에 강을 두 개나 가지고 있는 호이안은 정말 환상적인 곳이다. 인구 만여 명의 도시가 매일 수만의 여행객으로 붐빈다. 저렴한 항공료와 싼 물가 친절한 서비스와 자연이 살아있어 가족여행에 안성마춤이다.

서울 청계천과 서울 광장, 종로에 주말마다 인파가 넘쳐나지만, 여기는 성격이 다르다. 사람과 자연, 고건축, 음식이 조화를 이뤄 다국적 문화와 평화의 도시를 만든다. 언제인가 비무장지대가 개방되면 전세계 사람들이 함께 어울릴 수 있도록 이곳을 벤치마킹했으면 좋겠다.

개발이라는 미명으로 자연을 훼손하고 도로 내고 건물부터 짓는 한국이니 말이다. 민족과 이념의 차별이 존재하는 한반도의 현실과 대비된다.

남북 정상이 다시 만나고 백두산 정상에서 남북평화를 기원했다. 속히 현실이 되기를 염원한다. 밝은 한가위 달을 쳐다보며 창밖에는 3인조 악단이 평화를 연주하고 있다.

대설주의보

강원도 서울, 그리고 수도권에
대설주의보 뉴스
하늘에 백설이 펄펄
땅에 평화가 하늘하늘
눈이 오고 눈이 쌓이면
개구쟁이 어린 시절
눈사람 만들고
눈송이 뭉쳐 눈싸움했지
강아지는 꼬리 흔들며 신나고
어른들은 말없이 먼 산 바라보며
금년 농사를 점쳤다
눈 내리면 풍년 들고
먼 길 떠난 사람 돌아온다고
넉넉한 마음 설레는 가슴이었지
뒷동산 꿩들이 날아가고
총든 사냥꾼은 사냥개 풀어
꿩사냥에 나서고
백설이 펄펄 나리면
새하얀 천사가 오는 날
내 마음도 순백의 날
오염된 영혼을 세탁하는.

소유와 존재

인류는 원초적 본능으로
소유를 인생의 목적으로 삼는다
돈도 집도 권력도 학벌도 남녀 사랑도
모두 소유의 대상이다
말없는 신도 말하는 인간도
그저 소유의 대상일 뿐이다
말도 많이 하고 말 잘하는 사람
약자를 윽박질러 말 못하게 막는 것도
결국 소유욕이 빚은 참사
예전에 동이나 서나 할 것 없이
여성이나 어린이나 별 볼일 없는 쌍것들은
앞에 나서서 말할 권리가 없었다
입에 자물쇠를 채워라
수천년에서 근현대까지 내려온
삼강오륜 칠거죄악 칠거죄종이다
재판정에 가서도 근엄한 재판관 나리들은
피고 원고 당사자들이 말못하게 하고
대신 변호사가 말하게 한다
부자들이나 권력자들은 거금의 변호비로
그것도 수십 명의 변호사를 고용하지만
돈 없는 서민들은 변호사를 대지 못해

억울한 죄값이나 민사소송에 피해 입는다
자본주의 돈과 권력 과학 이성 윤리 도덕 종교 소유의 대상이다
현대는 소유를 얼마만큼 했느냐가 계급이다
존재는 수백년 중세 근대를 열은 철학적 명제
너와 나는 소유가 아니라 존재다
존재함으로서 인간의 가치를 존중한다
16, 17세기 이후 존재의 철학 사상가
데카르트 스피노자 니체 하이데거
소유의 사상가 아리스토텔레스 헤겔 맑스 칸트
하나는 물질 과학 이성의 하드웨어
하나는 정신 철학 종교 문화의 소프트웨어 야스퍼스
몸은 물질이고 정신은 공空이다
몸 육체 기계는 도구 그릇이고
마음은 생각이고 혼이고 깨달음이다
몸 그릇 기계가 없으면 마음을 담을 수 없고
정신이 없으면 몸도 기계도 망가진다
몸과 마음 다 버려야 대각을 이룬다
하나님 나라가 임한다
하지만 현대인들은 소유도 존재도 필요하고 중요하다
하지만 지구는 인간들의 소유욕 때문에 몸살 앓는다
살아 있는 것은 생명의 축복이다
살아 있는 존재가 신과 부처의 가피니라
억만장자 첨단기술자 스티브잡스는
돈과 기술의 소유보다

죽음에 다달아

인간 본질의 명상으로 소유와 존재도 넘어섰다

소유와 존재도 욕망의 다른 이름

그래서 무일물○○○ 무무무무무……

점 하나가 우주로 가서

무한대로 산빛은 푸르고 물은 맑구나

…… :%#^~♡??! 악!

찰나와 영원

과거는 정지되어 있고
현재는 화살이 되어 달려 오고
미래는 천천히 오고 있다
아승지겁 영원의 우주 시간
우주 공간의 좁쌀 하나가 헤엄치고 있다
미래는 아직 보이지 않는데
찰나찰나 순간순간 눈 깜빡할 찰나에
삶도 죽음도 지나간다
4차선 도로가 질주하는 자동차
밤의 플래트홈 시속 200킬로 KTX
만리 허공을 나르는 금속 철새가
비상의 나래 펴고 있다
동트기 전 가루라*는 새벽 안개를 먹고
불새되어 우주로 날아 오른다

몸은 땅에 붙박여 있지만
마음은 철새되어 구만리 창공으로
훨훨 날아 오른다
영원은 순간으로
찰나는 영원으로……

*인도 신화에 나오는 동물로 용을 잡아먹는 불사조 불새 태양신이다.

오월의 차밭골

아름다운 금강공원 안에
그윽히 자리하는 금어암
오월의 솔은 푸르고
붉은 능소화는 하늘로 치솟았다
일기는 화창하고 시절은 태평한데
미륵부처님 전에 차 한 잔 올리니
천신이 기뻐하고
대중들이 화락하다
연연세세 차밭골 향기 가득하고
청풍명월 맑은 도량 세상밖의 무진법문
말없이 말하고 듣는 바 없이 듣네.

꽃은 피어도 봄이 아니다

-세월호 추모시

세월호 참극으로 숨진 젊은 꽃들이 피어난다
핏빛 진달래 벚꽃으로
혹은 개나리 목련 순결로
진도 팽목항 맹골수도 사나운 물길에서 검은 용이 솟구쳐
배를 뒤집고 젊은 목숨을 앗아갔네
아직 피지 못한 저 꽃봉오리
거친 풍랑에 휩쓸려 영혼을 바다 속 깊이 묻었네.

다시 1년 지난 새 봄
세월호 반야용선은 길 위에 멈추어
저 언덕에 가지 못하네
304위 영혼들은 깨어나지 못하고
저 먼 하늘에도 오르지 못하네
구슬픈 호곡소리 천지를 진동해도
갈 길을 막아서네
비록 쇠사슬의 비정한 세월이라도
꽃가마는 떠나가네.

차웅 오천 경빈 명수 준혁 민우 주아 창현 대희 소정 채연
주은 진용 혜인 온유 민지 등 250여 명의 꽃다운 삶, 선생
님 일반인 총 304분 영가들이여

가만히 있어라 !
그냥 기다리면 구제된다고 믿은
그 날의 순결한 영혼들이여

가네 가네 꽃가마 탄 젊은 넋이여!
저 사나운 폭풍 타고 저 언덕에 이르세
고통 없는 하늘나라로
다함이 없는 무여열반의 세계로

찬란한 봄의 향연 펼치는
너의 꿈들이 화려하게 피어나라
꽃이 피되 꽃 같지 않고
봄이 오되 봄같지 않아도
너의 젊은 영혼들은
저 하늘로 비상하라.
푸른 용 타고 하늘 끝까지 날아라
이승의 슬픔은 살아 남은 자들의 몫이거니
봄꽃으로 다시 돌아오라
다시 살아 오라 영원한 봄의 꽃이여!

즐거운 사라의 여인

-자유인 마광수를 추모하며

봄날의 몽환안개 헤치고 저만치 걸어가네
가을빛 호수에 떠 있는 구름이여
슬픈 순수영혼이 떠나가네
이 땅에서 태어나 다시 저 세상으로
다시 온 곳을 향하여
가자 장미여관으로
즐거운 사라와 더불어 사랑하라.

남근주의 엄숙한 도덕군자들은 가라!
그들이 머물 곳은 이곳에 없다
여기는 꽃 피고 새들 지저귀는 에덴동산
사라를 심판하는 중세 마녀 심판자들은
지하로 숨어라
무거운 쇳덩어리 맨홀 밑에서
똥뒷간 속에서 발 담그고 도덕 윤리 읽는
거룩하고 거룩한 샌님들이여 !

관능적인 들판에는 붉고 푸르고 노란
온갖 형형색색의 만다라가 피었다
햇빛은 황금색으로 빛나고

땅에서는 이름모를 들꽃들이 합창한다
여인들은 양철 귀고리 양철 반지로
혹은 양철 팔찌로
주렁주렁
야한 여자가 아름답다
보석처럼 빛나는 얼굴의 순수여

홀로 죽은 자살자를 비웃지 말라
가장 솔직한 자
가장 자비로운 자
가장 양심이 살아있는 자

바보 노무현도
홀로 먼 길 떠났다
그 날 슬픈 사랑의 사라는
바람 부는 들녁 가을 낙엽 밟고
어머니가 열 달 품어준 옛 고향바다로
헤엄쳐서
마치 연어가 모천을 찾아가듯
산에 오르고 하늘에 오르듯

비상하는 기러기로

때로는 극락조가 되어

용오름으로 갔다

은하계 또 하나의 별이 되었다

황토집 무쇠솥 아궁이 청솔 연기여.

〈시작메모〉

마광수 교수가 떠난 지 열흘이다.

그는 20대 후반에 대학교수가 되고 시 수필 산문 소설로 수십 권의 저서를 남겼다. 생전 윤동주 시인을 논문으로 박사학위를 받은 시공을 달리해서 가장 윤동주를 닮은 슬픈 시인이다.

그는 지성인으로 한국 사회의 기만적이고 은폐된 거짓 도덕주의와 위선적인 엄숙주의, 지배적 기득권 세력에 반기를 들었고 부도덕한 이중성인 남녀의 성윤리를 폭로한 죄로 감옥에 가고 대학에서 쫓겨났다.

그는 오래 우울증을 앓았고 섬세하고 심약한 마음의 상처를 입어 끝내 기득권이 득세하는 권력의 마초주의를 극복하지 못했다.

마치 바보 노무현이 정치와 이념의 지배자들을 극복하지 못한 것과 흡사하다.

정치 지도자 노무현, 문화 예술계의 마광수는 죽은 뒤 별이 되었다.

2 사랑의 꿈

사랑은 아름답다

새벽 이슬에 젖은 풀꽃처럼
그대 눈가에 맺힌 보석을 보아라
가슴은 푸른 하늘 향해 열렸고
먼 수평선 바라보며
언제나 미소짓던
꿈꾸는 천사의 날개여

사랑은 밤에 왔다가
새벽이 되면 사라지는
물안개처럼 너의 모습은
언제나 만날 수 없는
허공 속의 메아리로 남아
꽃들이 피고 지고
새들이 웃고 우네

사랑은

사랑은 정월 설중매 매운 향기
사랑은 정이월 설날 큰 잔치
사랑은 정삼월 보리밭 노고지리 노래
사랑은 사월 싱그러운 푸른 녹차 맛
사랑은 오월 붉은 장미
사랑은 유월 새벽 안개 무지개 환상
사랑은 칠월 견우 직녀 내 사랑
사랑은 팔월 둥근 쟁반의 옥구슬
사랑은 구월구일 상서로운 달빛
사랑은 시월 국화 닮은 누님의 사랑
사랑은 십일월 불타는 단풍 만다라
사랑은 십이월 백의천사를 꿈꾼다.

'사랑은 오래 참고 온유하며, 투기하는 자가 되지 아니하며, 자랑하지 아니하며, 교만하지 아니하며, 무례히 행치 아니하며, 성내지 아니하며, 악한 것을 생각하지 아니하며, 불의를 기뻐하지 아니하며, 진리와 함께 기뻐하고 모든 것을 참으며, 모든 것을 믿으며, 모든 것을 바라며, 모든 것을 견디느니라.'

사랑은 홀로 존재하는 것
사랑은 둘이서 흐르는 강물을 바라보는 것
사랑은 더불어 기뻐하고 행복하며 눈물을 흘리는 것

사랑은 허공에 핀 꽃

사랑은 풀끝의 이슬
사랑은 새벽의 안개
사랑은 파도의 거품
사랑은 오색 무지개의 찬란
사랑은 장미빛 환상
사랑은 이루어질 수 없는 꿈
사랑은 이별의 슬픔
사랑은 운명으로 왔다가 가버리는 허무함
사랑은 불타오르는 해바라기
사랑은 동짓달 차디찬 푸른 달빛
사랑은
사랑은

사랑의 여신이여
비록 사랑의 종말이 오더라도
사랑은 영원히 빛나리
사랑은.

사랑은 장미빛 레드

그때 강철 여왕 엘리자베스 1세는
킹덤 잉글랜드의 장미 화원을 거닐고 있었다
천년 왕국 바디칸 예수회 십자군
앙숙인 프랑스 군대
마녀사냥으로 악명 높은
스페인 무적함대 연합군을 격파했다
제갈량이 동풍을 불러
조조의 백만대군을 화공으로 대승을 거두었듯이
1300년 전 선덕여왕이
당나라를 물리치고 삼한 통일 기틀을 닦았듯이
독신여왕 엘리자베스는
폭풍을 이용해 화공으로
거대한 연합군을 쳐부수었다
네덜란드와 연합해
수백 년간 세계 제국주의로 군림했다
해가 지지 않는 왕국 여왕의 사랑은
피빛 장미 레드와인으로.

사랑은 코발트 블루

- 위개한 조르바

그때 조르바는 지중해 푸른 바다
크레타 섬에 있었다
그리고 사랑했다
하늘도 땅도 주막집 여인도 사랑했다
불타는 정열로 신도 이념도 개똥철학도 버린
대자유인 희랍인 조르바
오직 사랑만이 전부였다
술과 여인 장미와 바다를
세상 끝인 지구의 저 편에서
총칼과 대포소리 요란한 전쟁터에서
살아온 죽음의 나날에서
삶은 한순간
삶은 오직 눈앞의 현존뿐임을 깨달은
위대한 조르바는 마침내
기나긴 인생항로에서 돌아와
크레타 섬의 고독한 한 평 땅에 잠들어 있다
늙은 신들이 잠든 땅에
젊은 혁명가 조르바는
홀로 깨어나 푸른 술잔을 들고
사랑을 부르고 있다
그는 시들지 않는 영원한 청춘이다.

사랑의 꿈

사랑은 꿈길에서
오랫동안 만나지 못한 그 사람을 만나네
죽은 사람도 살아 있는 사람도
꿈속에서 만나네
내 마음속 연인은 세월이 흘러 잊혀졌지만
내 마음속 꿈길은 변하지 않네
여름밤 뜨거운 꽃잎의 입마춤도
겨울밤 백옥의 차디찬 손의 애무도
나는 황진이 불같은 사랑과
난설헌 수선화 향기를 꿈꾸노라
사랑은 꿈속에서 그대와 만나
음성으로 속삭이네
환영으로 다가와 내 캔버스에
걸터 앉아 나를 부르네
그 사람은 잊었지만 그 이름 생생하네
달덩이처럼 환하게 웃는 그대 모습을
돈황 막고굴 벽화에서 본
절세미인 관세음보살로
천산산맥 천지에 현신한
마고여신으로.

사랑의 기다림 1

사랑은 참고 기다림이다
온유할지니
사랑은 어느날 잃어버린 시간을 찾아서
인내가 필요할지니
사랑은 근심 걱정으로 나날을 보내고
뜬 눈으로 밤을 지새워도
간절한 소망이 충만하나니
저 고통스런 세월이 지나면
사랑하는 님을 만나리라
겨울나무에 봄꽃이 피듯이
세상의 종말에 새 세상 열리듯이.

사랑의 기다림 2

가만히 눈 감고 기다리면
사랑은 내게로 다가와
뜨겁게 속삭이네
그대가 잊었던
지난 날의 추억도
그대가 꿈꾸던
어제밤의 달콤한 환상도.

사랑의 슬픔

그대 떠난 뒤 눈물이 앞을 가렸어요
낙엽 떨어진 오솔길 걸으며
그대 생각에
오늘도 내일도 잠 못 이뤘어요
사랑의 추억 간직하며

그대를 마주 보며
사랑한다는 말 못하고
우리는 헤어졌어요
돌아서서 눈물이 났어요
사랑의 이별은 슬프지만
사랑의 추억은 내 가슴 속에 남아
언제나 무지개로 빛나죠

사랑한다 말 못하고 헤어져
다시 만나면 사랑한다 말하겠어요
이 세상 끝까지
사랑은 영원히 빛나죠 태양처럼
천 개의 손과 천 개의 눈으로
누구든 차별없이 사랑하는
관세음의 큰사랑 동체대비로.

사랑은 해바라기

사랑은 여름 한낮의 해바라기
아침의 태양이 떠오를 때
해바라기는 숙였던 고개를 들고
태양을 향해 시계침이 돌아가듯
따라간다 따라 돈다
저 하얼빈 대평원 해바라기는
황홀한 빛으로 행복하다
황금빛 해바라기는
오늘도 내일도
저 아득한 대지를 바라보며
환한 미소를 보낸다
뜨거운 얼굴은 오직
정열로 혼불로 타오른다
사랑은 유월의 태양 아래
억센 몸통과
거친 팔뚝과
대지에 굳세게 뿌리박고
하늘 향해 미소 짓는
해바라기의 불꽃 사랑이 아니더냐.

사랑의 아픔

아프니까 사랑이다
사랑은 손톱 밑의 가시처럼
아프게 다가와 고통을 선사하네
어느날 하늘 천사가 내려와
가시를 뽑고 고통이 사라지면
바람 부는 벌판의 들꽃처럼
노래하고 춤추네

아프니까 사랑이다
사랑하는 정든 님 떠나
먼 이국땅에서 눈물짓는
젊은 날의 초상이여
사랑하기 때문에 행복하고
사랑하기 때문에 불행했네
이별은 슬프고
사랑은 괴롭다
사랑하니까 아프다
사랑하니까 기쁘다.

사랑의 고독

사랑은 고독하다
사랑하기 위하여
고독을 사랑하라
고독은 검은 밤의 수호천사처럼
내게 살며시 다가와
귓속말로 속삭이네
너의 모든 것을 사랑하라
너 아닌 모든 것을 사랑하라
전쟁터에서 혼자 살아난
고독한 전사여
고통이 없는 죽음을 맞이하라
죽음이 없는 평화를 맞이하라

3 아이유가 좋아

방탄소년단에게

방탄소년들이 오고 있다
저 전쟁터의 총알을 막아내는
방탄복 입은 K팝 전사
평화의 수호신 방탄소년단 BTS
무대에서 춤추고 노래하고
세상의 평화 위해 몸부림치는
우리의 주인공 수퍼스타
문수동자 문동이
하늘에서 내려온 수호천사
방탄소년이 가는 길마다
폭풍과 삼재팔난은 물러나고
폭력과 전쟁은 사라지고
꽃길이 열린다
평등 평화 사랑의 오솔길
세계무대로 가서
음악으로 새 평화의 문이 열렸다
대망의 빌보드차트 1위 달성
어른들이 자본주의와 경제 전쟁
핵무기와 전쟁 승리 위한
전략에 목숨 걸고 있지만
방탄소년들은

사람 사는 세상에서
웃음과 눈물 퍼뜨리고
춤과 노래로
광대狂大세상을 광대廣大한
사랑으로 채우고 있구나
방탄소년들이여, 미래는 너희 것
폭풍은 멎고 태양은
머리 위에서 빛난다.

금낭화 다원

초여름에 피는 금낭화
시집온 새색시의 고운 주머니
금은보화가 들어 있고
사향 약초 허브가 있네
볼그레한 새악시의 이쁜 얼굴
분홍색 저고리 입고 녹색치마 입었네
머리는 구름같이 풍성하고
얼굴은 백옥처럼 눈부시네
팔다리는 히말라야 청옥
발가락은 남해 용왕이 사는
만년 묵은 심해 산호처럼
천년 묵은 소나무 호박처럼
보석이 주렁주렁 달렸네

금정산 밑에 있는 금낭화
이름 모를 꽃이 만발하고
봄이면 벚꽃길이 아름답고
가을이면 오색단풍에 취한다네
오뉴월 더위에 녹음 우거져
피서와 힐링 웰빙 건강
녹차 가루차 우룡차 대홍포 보이차
생강차 대추차 마시고

선남선녀들이 구름같이 모여
석 잔의 차를 마시면
몸과 내 안의 신이 청신淸新하고
한 되의 차를 마시면
만 가지 병이 물러나고
한 말의 차를 마시면
생사해탈하고 신선되어 하늘에 오르리라
신이 되어 신령한 힘을 얻으리라
천세 만세 만만세 부르리라
금낭화차는 마음이 담백한
영혼이 살아있는
현자들이 즐겨 마시는
지상천국 정토극락이거니
무엇을 구하고 무엇을 바라리오
오천년 전 농사와 약초의 신 신농씨
오천년 뒤 이 땅의 후손들이
장생불사 영원불멸의 노래 부르네

금낭화차 한 사발로
너와 네가 없는
무차별 무소유 무계급 무유열반
상락아정 발고여락 애민중생 해탈열반
부처의 대자대비에 몸을 맡겨라
여호와신에 의탁하라
단군 산신에 경배하라.

다해정 찻집에서

부산 영도다리 마주 보이는
자갈치 건너 왕년의 부산 명동 광복동 남포동 길
다해정은 전통 찻집의 명소
주인의 후덕함과 편안한 찻자리는
행복과 사랑이 깃들고
평화의 아이돌이 충만하네
도시인들의 소외된 마음
잃어버린 고향 생명의 차
남쪽바다 2층 누각에서 찾고 맛보고 깨닫는구나
너와 내가 둘이 아니고 차와 선이 둘이 아니며
삶과 죽음이 둘이 아닌
생사불이生死不二 차의 정신 깨닫네

한 잔 차에 허례허식 벗어나고
두 잔 차에 몸과 마음이 하나
석 잔 차에 하늘나라 임했으니 기뻐하고 경배하라
지고지신 차의 신령함이여
나무아미타불 관세음보살
할렐루야 아멘 천지신명이여.

유월의 바람

청보리밭은 잔잔한 물결로 출렁이고
때로는 파도가 되어 푸른 몸을 누이네
격한 세상의 풍랑에도 머리 숙이지 않던
젊은 날의 풋풋한 기상은
어느덧 유월의 비단 같은 바람에
머리를 파묻네

어머니의 자장가가 들려오는 들판가에
아기는 잠자네 유월의 바람으로
모내기는 한창이고 논에는 개구리들이
평화를 노래하네

유월의 바람은
햇볕과 비안개를 만들고
하늘로 올라가고 땅으로 내려오네
또 잃어버린 유년시절의
사랑도 추억도 불러일으키네
유월의 바람은
살아있다는 것을 증명해 주는 것
어떻게 살아야 할지 가르쳐 주는 것

황금돼지해의 명상

황금돼지해 햇살은 눈부시고
날씨는 청명하다
돼지님은 복과 재물을 부르는
열두신장님의 한 분이라지
돼지꿈 꾸면 재수 좋다고
벼락 맞기보다 더 어렵다는
로또복권방 줄서서 표 한 장 구입해 볼까
궁리하다가 카페에서
뜨거운 아메리카 한 잔으로
몸을 덥히고 영혼을 덥힌다
삶과 죽음이 둘이 아닌
생사불이生死不二의 도를 깨치려면
춥고 배고픈 '기한에 발도심'하라
예로부터 성현들이 일렀건만
우매한 중생은
오늘도 내일도 기약없이
뜨거운 커피와 뜨거운 심장으로
하루하루를 살아간다
하루하루가 언제나 끝날지 모르지만
하루하루는 천국 아니면 지옥으로 가는
중간역인가 환승지대일까

혹은 북풍한설 몰아치는
새해 초 무풍지대일까
커피 한 잔과 랩소디로
고요한 상념에 잠긴다.

〈시작메모〉

올해가 황금돼지해라고 한다. 기해년의 기가 중간을 의미하는 노란 황토색이다. 동해에 솟는 붉은 해를 바라보며 저마다 새해의 소원과 기원의 기도를 했을 것이다. 개인적으로 건강과 행운이, 가족 화합으로 더 행복해지고 하는 일도 잘 풀리기를, 올해는 작년에 못다한 일을 성취하고 확장되기를 바란다. 그리고 사회와 국가도 보더 더 진일보해서 사랑과 평화가 흐르는 세상이기를, 남북 문제도 매듭을 지어 한반도 평화가 이뤄지기를 고대한다.

먼 훗날 남북통일이 될지라도 우선은 막힌 남북의 길이 열려서 세계로 가고 오는 세계평화의 길 실크로드 열차가 개통하기를 염원해 본다. 사실상 남북의 실크로드 길은 이미 천년 전 고려의 길이었으며 일제 강점기에도 부산에서 열차가 출발해서 북으로 하얼빈까지 간 역사적 사실에 비춰보면 낯설은 길이 아닌, '오래 묵은 길'인데 해방 후 70년 동안 망각한 길이다. 남북 열차길을 점검하고 개통을 준비한다니까 수년 후에 개통될지 모르나 빠를수록 좋겠다. 새해를 보내며 우리 모두의 소원과 희망을 기도발원해 보았다.

카페에서

커피집은 갈 곳 없는 방랑자의 집
친구 만나 수다 떨고
혼자 책 읽고 카톡하고
명상에 잠기기도 한다
더러는 더울 때는 피서지
데모하다가 최루탄 맞아 피신처
추울 때 따뜻한 사랑방도
아줌마 아저씨들의 쉼터로
입시생 취업생들의 컴퓨터 작업도

커피집은 도시의 낙원이라네
사계절 내내 꽃이 피고
젊음이 가득하네
가끔 소란하지만 지나면 정적
백년 전 우리네 사랑방이나
동네 우물터에서 만난
누구네 소식도
누구네 금송아지 이야기도
혹은 난리 나고 군대 가고
갑돌이 갑순이 이도령 춘향이 만난 이바구도
사랑하고 출세하고 죽고

이 세상 사람들 스토리 모이는 그곳
우물 샘터에서 오늘은 커피집에서
내 영혼의 쉼터
사람 사는 세상의 장터
사람 냄새 나는 커피집에서
커피향 맡으며
커피집에서 세상을 본다네
그곳에 가면
희노애락 생노병사가 있네
그곳에 가면
한 오백년 못 만난 내 연인의 사랑도.

IU가 좋아

어느 날 갑자기 신델렐라가 왔다
유리구두 한 켤레 들고

너의 그 한마디 말도 그 웃음도
나에겐 커다란 의미
너의 그 작은 눈빛도
쓸쓸한 뒷모습도
나에겐 힘겨운 약속
너의 모든 것은 내게로 와
풀리지 않는 수수께끼가 되네
슬픔은 간이역에 코스모스로 피고
스쳐 불어온 넌 향긋한 바람
나 이제 뭉게구름 위에
성을 짓고 널 향해 창을 내리
바람 드는 창을

……

썸탄다 아이유 너와 내가
털털한 이웃집 아저씨 김창완이 만든
너의 의미는 나의 의미

여리고 굳센 아이유는
힘들고 지친 시대에
아름다운 감성을 선사해
힐링문화의 주인공이다
썸탄다 아이유 시대의 아이콘 너와 나의 막내딸
이쁘고 사랑스런 국민의 누이.

〈시작메모〉

3년 전쯤 됐을까. 봄날 큰축제인 초파일의 경건한 행사에 국악풍 여가수와 남자가수 두 분이 두엣으로 '너의 의미'를 불렀다. 가사의 의미는 모르고 들은 이 노래는 신세대풍의 생소하지만, 가슴을 움직이는 무엇이 있었다.

한마디로 놀랐다. 젊은이들의 랩과 또 다른 발라드의 약간 슬프고 아쉬운 여운이 남는 노래였다. 나중에 산울림 멤버인 김창완 씨의 작품으로 영혼이 자유로운 자들이 부를 수 있는 곡으로 국민 애창곡임을 알았다.

그 전 해인 오륙년 전, 수염을 텁수룩 기른 김창완 씨를 안국동 골목에서 만난 적이 있는데, 내 앞을 스쳐 지나갔다. 말 한마디를 걸어 보려다가 사랑하는 형제 한 분을 불의의 사고로 잃었다는 뉴스를 접한 뒤라 슬픔에 잠긴 그와 말 걸기가 엄두가 나지 않았다. 아이유가 불러서 더 애틋해진 노래를 인용하면서 시어로 다시 옮겨 봤다.

사하라 사막에 눈이 내리면

한반도 사십배가 되는
사하라 사막에 눈이 내린다
시뻘건 사막에 새하얀 눈
일년 이년 삼년 백년 동안
안 내리던 눈, 눈, 눈,
기상이변이라 지구 온난화라 말하지만
지구가 미쳤건 사람이 미쳤건
미친 건 분명하다
미서북부에 빙하기라도 왔는지
영하 70도
호주는 이 겨울에 섭씨 50도

내 가슴에 눈이 내린다
백년 동안 보지 못했던
내 어릴 때의 사랑처럼
풀꽃과 나무와 수증기로
때로는 천둥번개로
벼락치듯 혼불이 번쩍인다
가마솥 아궁이에 물 붇고
마른 솔가지로 불 지피고
생솔 한 웅큼 꺾어 얹으면
매캐한 향내 온 집안을 감싸고

가난한 초가집 눈 먼 할머니
건너편 불어난 개천물 보네
하염없이 비 내리고.

나무와 숲

- 구상 시인을 추모하며

오늘 추석 전 배달된 구상 시인의 시
'모과 옹두리에도 사연이 9'를 읽고
문득 60년 초 서정주 시인의 범신론에 맞서서
유일신을 내세우던 구상 시인을 생각한다
몇번의 지상 논쟁 끝에 결론이 나지 않고
그저 두리뭉실하게 '신은 오직 하나뿐'이다
아니다
'우주 만물이 모두 신'이다.
그 당시 헐벗고 굶주린 시절에 이같은 논쟁은
등 따시고 배부른 사람들이나 하는 소리일까
아니면 무슨 턱도 없는 소리냐
신이 어찌 둘 이상이냐 오직 하나뿐의 하나님이지
아니다
신이 어찌 이 광활한 우주에 하나뿐이냐
여기도 있고 저기도 있다
내 집에도 네 집에도 내 마을에도 네 마을에도
한국에도 미국에도 일본에도 중국에도
절에도 교회에도 성당에도
인간에도 짐승 가축에도
깨끗한 곳에도 더러운 곳에도
선한 이에게도 악한 이에게도
신은 다 머물러 있다

하나님은 차별이 없는 평등으로
미움이 아닌 사랑으로 오셨나니

하나님은 어린 아기를 모두 돌볼 수 없어
'어머니라는 수많은 신'을 또 만들었단다
하나님은 착한 천사만 만들지 않고
어리석고 악한 사탄도 만들어
인간이 탐욕과 교만에 빠지지 않고
시험에 들도록 시련을 겪도록
짐짓 선악미추 길흉화복을 만들었단다
그리하여 선지자와 지배자
부자와 거지
혹은 하나님 닮은 아름다운 인간이나
사탄을 닮은 추악한 짐승 인간이나
'씨앗 하나가 떨어져 큰 나무'가 되고
나무 하나 둘이 모여 숲이 되듯
물 한 방울이 강이 되고 바다가 되듯
그렇게 '하나는 전체'
'전체는 하나'라는 법화경의 말씀

30 40대의 혈기방장한 구상 시인도
50 60 넘어 지천명 이순의 연세에

문득 세상의 이치를 깨달았다
하나님의 참된 뜻을 알게 되었다
하나님은 전지전능하시고
이 세상에 존재하지 아님이 없으시니
만유에 꽉 찼다
본래 하나도 없는 '텅 빈 충만'
절대공간 절대시간 절대무소유
삶도 죽음도 없는
환생과 윤회도 없는
영원한 나라 '하늘세계'에서
영생을 누리고 인간의 삶을 관조하신다
인간의 종교는 오직 하나의 신이지만
신의 종교는 만물이 신 아닌 게 없으니
인정하고 사랑하고
생각하고 고민하고
회의하고 발원하고
드디어
살이 잎새되고
뼈가 줄기되어
붉은 피로 꽃 한 떨기
피우는 그날까지
목숨이여!

〈시작메모〉

오늘 구상선생기념사업회에서 발간하는 소식지 가을호를 읽고 감회에 젖었다. 돌아가신 지 열세 해로 아직 선생님의 모습과 말씀이 선한데 서두에 쓴 김초혜 시인의 말처럼 범인에서 성인으로 초월적 삶을 사신 그분이 이 가을에 그리운 마음으로 다가와 시 한 편을 쓰지 않으면 못내 허전할 것 같았다.

유래 없는 지구촌의 폭염과 태풍과 지진이 휩쓸고 신자본주의의 물질적 풍요를 자랑하는 이 시대에도 여전히 인간들이 잃고 있는 '마음의 고향'이 사무치도록 그리운 것은 무엇일까. 우주에서 바라보는 하나님, 내 마음의 신은 어디에 어떤 모습으로 존재할까.

추석과 맞물려 오래 전 돌아가신 어머니 아버지 조부모님 형제자매 친척 친구 이웃분들은 또 언제 어디에 가서 만날까. 상현달을 보면서 상념에 잠긴다. 이 작품을 계기로 '나무와 숲' 연작 산문시를 계속 써보려 한다. 언제인가 인연이 되면 시 한 권으로 묶고 싶다. 원로시인 구상 선생님의 마지막 연작 시편 '모과 옹두리(옹이)에도 사연이'처럼.

유월의 숲에는

유월의 숲에는
사람이 살고 있다
편백나무 숲을 가로질러
피톤치드 상쾌한 공기 마시며
그 사람 저만큼 걸어가고 있다

유월의 숲에는
새들이 노래한다
뻐꾸기 두견이 꾀꼬리
팔색조 솔부엉이 곤줄박이도
평화와 환희의 송가 부른다

유월의 숲에는
사랑을 만난다
오랫동안 잊었던 그 사람
서늘한 가슴으로 다가와
내 이름을 부른다.

햇빛은 작렬하고 바람은 서늘하다
하나님은 하늘에서 졸고
나는 땅 위에서 행복하다
대지는 뜨겁고 숲속은 고요하다.

〈시작메모〉

유월의 대자연은 푸르고 생명력이 넘치는 계절이지만, 우리 근현대사에서는 암울하고 비극적인 계절이었다.

이 유월에는 6.25 남북 동족상잔과 1980년대 유월항쟁, 그리고 나라를 지키다 산화한 국군 장병의 충절을 추모하는 현충일이 있다.

계절은 변함없이 뜨겁고 푸르른데 그날의 비극과 투쟁은 흔적없이 사라지고 숲속의 평화만 남았는가.

오늘 작은 숲길을 거닐면서 반추해보며 또 평화의 소중함을 떠올리는, 시 한 편을 짓고 또 읊어 본다.

빗소리

후루룩 칙칙

후두둑 뚝뚝

씨이~ 씨이~

타앙~ 타앙~ 땅땅!

쏴쏴 ~~

쇄쇄~~

우르릉 쾅쾅…

쏴아… 쏴아…

와 ~와 ~

우와 우와 ~~~

우르릉 탕 탕~~

도로에 물 떨어지는 소리

풀잎에 이슬 맺히는 소리

양철지붕 두드리고

오두막 기와집 아파트 슬라브에

논에

밭에

냇가에

강물에 바다에 내 머리에

강아지 몸에

퐁당

철썩

콸! 콸! 콸! 꽝! 벼락치는 소리

일억도로 꽂히는 불벼락

백만톤 솟구치는 물벼락

무명업장 깨우치고

번뇌망상 도망가고

깊은 시름 사라지고.

말복

말복 지나자 서늘해졌다
폭염이 거짓말처럼 사라졌다
펄펄 타오르는 제우스 태양신의 노여움은 가시고
서늘한 옥토끼 달빛 항아님이 강림하시니
이 땅은 다시 태평천국 풍년 세상일세
동남풍 뜨거운 남신은
싸늘한 북서풍 여신에게 자리 물려주고
내년의 뜨거움을 추억하라
뭉게구름 낮아지고 창량한 가을바람에 막혔던 숨 트이고
혓바닥으로 숨 쉬던 바둑이도 한숨 돌린다
긴긴 복더위 사나운 짐승에게 안 잡아먹히고
살아남은 자들의 군상들의 행복, 또는 자유
아직도 남녘땅에서는 철지난 무기로
전쟁 대비한다며 뜨거운 뙤약볕에서 농성중
북녘은 불의 전차 앞세워
한 방 두 방 열 방 쏜다고 하고
멀리 태평양 노랑머리 할배들은
제우스의 천둥번개와 포세이돈의 분노를 연일 토해
선량한 평화의 동방 백성들을 향한다

화염신은 사라지고

청량보살이 왔다

마음이 어진 지혜로운 백성들은

자비의 신을 영접하라

이 땅은 누구의 소유도 아닌

이 땅의 주인인

지난 시절 춥고 헐벗고 슬픈

이 땅은

살아남은 자들의 영원한 고향이려니.

불 속에서 연꽃이 피네火中生蓮

불 속에서 연꽃이 피네
어제도 오늘도 내일도
지글지글 끓는 불덩이
아스팔트 온도는 50도
무쇠 주물 온도 수천도
숯가마 온도 역시 천도
도자기 너구리도 천도
지옥 불기둥은 몇 만도
원자력 온도가 일억도
태양 표면 온도 일억도
지구 온난 화로 불덩이
내 마음 온도는 수백도
서울도 부산도 대구도
불의 도시 불의 아수라
동경도 뉴욕도 북경도 화염지옥 불꽃
만다라 불새 가루라 하늘 날아
물신용왕 잡아먹고 불을 토한다
불사조여, 태풍 실은 용왕 흑룡이
남으로 내려와
거대한 불사조 날개에 부딪쳐
미리내를 건너지 못해
좌초하고 있음에
언제 저 지글지글 끓는

불산 화염산의 화탕지옥을 넘어가
부처님 계시는 청량한 화장세계에서
감로 마시며 영생불사 시들지 않는
영원복락 마르지 않는
청춘의 샘, 금시조 타고 용왕 만나
늙지 않는 야광주 얻어
어머니 아버지 만날까
오래 못 만난 사랑 만나
다시 만나 행복 누릴까
지옥불은 타고 있는데
불 속에서 연꽃이 피네
불 속에서 물기둥 솟네.

〈시작메모〉

몇 해 동안 여름이 괴롭다. 폭염과 열대야가 밤낮 기승을 부리는 불바다의 아수라 세상이다.

우리만 그런게 아니었다. 이웃나라 일본과 중국도 더웠다. 북유럽 빙하의 나라들도 만년설과 빙하가 녹을 정도로 더웠다. 히말라야 만년설도 매년 녹아내렸다.

수 백년, 천년에 한번 오는 태양계의 변화가 아닌 지구 온난화 현상이란다. 이 모두가 지구인이 자랑하는 근대문명의 부작용이다. 석탄과 석유를 파내고 자연 산림을 파괴해서 얻은 산업정보사회가 만든 인과응보인 것이다.

수 십억년의 지구가 불과 수 백년의 기계문명에 서서히 무너지고 있는 현상이다. 종교적으로 신의 징벌이니, 도시 문명의 비인간화니 하고 있으나, 인간의 탐욕이 빚은 변화인 것은 틀림없다. 온갖 산업 쓰레기와 핵발전소와 첨단무기 산업 생산 등이 또한 바닷물을 뜨겁게 만들었다. 산을 파괴하고 바다와 강을 오염시키니 극한의 더위와 추위가 생기는 것은 너무도 자명하다.

그럼에도 인간들은 이기적인 탐욕과 지구에 대한 지배를 멈출 줄 모른다. 오늘 오후 부산 시청 광장에 설치돼 있는 정의당과 노조의 노회찬 조문소에 다녀왔다. 더위가 푹푹 찌는 거리에서 노회찬은 일생 동안 밑바닥 생활에서 어렵게 공부하고 국회의원과 진보정당 대표을 역임했다. 사회적 약자들을 위한 그의 노력은 수많은 정책과 법을 만들고 언론 방송에서 기득권을 비판하면서도 늘 밝게 웃고 유머와 해학을 즐기던 도량이 넓고 정의감이 강한 정치인이었으며, 제2의 노무현이라할 만한 큰 그릇이었다.

이 욕망의 화염과 증오가 들끓는 세상에서 그는 비바람을 몰고 오는 작은 태풍같은 사람이었고 목마른 사람들을 위한 감로수 같은 사람이었다.

또 한 분, 서울 조계사에서 팔십 고령의 설조스님이 무려 37일간을 물과 소금만으로 단식하시면서 불교 개혁과 사회 개혁을 염원하셨다. 그야말로 불 속의 연꽃과도 같은 큰 스님이었다.

이 시는 노랫말처럼 타령조와 회심곡 같이 읊조리는 것으로 십수년 전 부산의 유명 시인 강은교가 둥둥 북을 치면서 시를 읊은 일이 있어 그것을 연상하고 생각나는 대로 읊조린 것이다.

봄비

3.1절 99돌 지나고 봄비 내린다
봄비 오랫만에 들어보는 음악이다
황량한 대지 적시고 내 마음 적시는 그대여
지난 겨울은 혹독하게 춥고
삭막한 땅이었으나
봄비에 젖은 매화나무는
드디어 향기로운 꽃 피운다
죽은 듯 얼어붙은 산천이 기지개 켜고
언땅이 녹아 실개울물 넘쳐나면
봄빛에 봄비 맞고 봄마중 나가리라
종달새는 아직 날지 않았지만
먼 하늘 쳐다보며 아지랑이 너울너울
봄기운 가득하다
봄비여, 봄비여, 내 사랑하는 봄비여.

유월의 장미

유월의 장미는 슬프다
오월 장미의 눈부신 계절은 지나고
다시 맞은 유월의 장미
흐느낌 속에서 핀다
뜨거운 폭염이 내리쬐고
간혹 다발총 같은 소낙비 소리에
장미는 우울하다
뒷산에 낮두견이 울고
밤에는 소쩍새가 간장을 녹인다
유월의 장미는 외롭다
유월의 기나긴 한낮의 외로움에
장미는 슬프다
유월의 피를 먹고 자란
유월의 장미.

4 흥국사에 행차하신 영조대왕

11월의 가랑잎

- ‘울고 싶어라’ 가수 이남희

그때가 80년대 말인가, 혹은 90년대 초인지 몰라
어느 초가을 같은데, 원로 노석 박영환 시인과 구상 선생이 좌장
화식집에서 맑은 청주로 건배하고 맛있는 저녁 들고
누가 제의해 돌아가면서 노래 한 곡조씩 불러
지금 생각나는 것은 헌걸찬 언론인인지 사업가인지
호쾌하게 부르는 클래식 성악에
나는 ‘기다리는 마음’의 일출봉 월출봉을 불렀다
노석 선생은 ‘진주야 천리길’ 부르셨고
구상 선생은 평소 근엄해 노래 잘 안 불렀으나
모인 대중들의 성화에 못 이겨 ‘가랑잎’ 부르셨고
그 이후에도 몇번 같은 레퍼토리의 ‘가랑잎’과 ‘진주야 천리길’
뒤이어 합석한 가수 이남희는 힛트곡 ‘울고 싶어라’를
미친 한국의 피카소 중광 스님의 곡은 기억이 없다
그러나 분명한 것은 원로들은 딴 곳으로 가시고
우리들은 지하노래방에서 춤과 노래를 만끽했다.
특히 중광의 제자 이남희의 춤과 노래는 슬프고 순수했다.
세월이 흘러 백담사의 눈 덮힌 겨울, 이남희를 만난 뒤
몇년 전 그마저도 고독한 먼 길을 갔다
단풍지고 바람부는 늦가을 저녁 황금빛 은행잎은
제 무게를 감당 못해 한 잎 두 잎 가랑잎으로 낙하하고

사람도 이 가을 인생의 황금시간 지나고 낙하한다

가랑잎으로 바람에 날리다가
어느듯 응달진 구석에 조용히 머물다 가네
바스락거리며 소곤대며 어느 알지 못하는 세상 향해 가네.

오! 가을이여

봄의 아지랑이 아른거리는 봄날
여름의 뜨거운 청춘시절 지나고
가을은, 가을은 오색찬란한 무지개로 오네
오, 가을이여!
청량한 바람 불고 달빛 비치는 언덕에서
옛일 생각하노라
떠나간 그 사람은 어디에 있을까
사랑이여 !
사랑이여!
가을은 이별의 슬픔이 가슴의 한이 되네
저 오동나무 잎새가 떨어지면
누가 있어 나를 위해 울어주리
누가 있어 나를 위해 사랑의 노래 부르리
가을비 내리고 쓸쓸한 날에
바람부는 날 아득한 먼 산 바라보며
이름 없는 들꽃 한 송이로 살던
젊은 날의 그 사랑은 가슴에 영원히 남아
거리에 날 저물고 가로등 켜지면
생각나는 그 사람이여
꿈에도 못 잊을 그 사람이여

〈시작메모〉

나이가 들어서 이제는 가을이 되어도 무덤덤하다. 감각이 둔해졌거나 마음이 늙은 탓인가. 젊은 시절에는 가을이 되면 가만히 못 있고 어디로 정처없이 떠나고 싶었다. 공허하고 허무해서 슬픈 마음을 주체 못했다. 그래서 봄은 여인의 계절이요, 가을은 남성의 계절이라고 하는 건지 모르겠다.

이 계절이 되면 싸늘한 바람과 밝은 달빛에 취해 고향 생각나고 어릴때 뒷집 순이 생각도 났다. 부모형제와 어릴때 개구쟁이들 소식도 궁금하고 먼 지방 머나먼 나라의 사람들 소식도 코스모스와 국화는 만개했고, 먼 산의 단풍 소식도 들려온다.

전에는 브람스도 즐겨 들었는데 감성이 무디어졌는지 인심이 각박한 탓인지 가을 음악도 멀다. 그래도 밤마다 가을 풀벌레 소리가 아직 쟁쟁하다. 대자연의 교향악은 가까이 있어 가을의 소리와 향기를 느낀다.

가을 풍경

오래 전 루사 매미가 다녀간 뒤
뿌리 채 흔들렸다
땅이 꺼지고 집이 무너지고
밭뙈기 논배미 모두 휩쓸려 가고
하늘 쳐다보며 탄식
땅을 내려보며 원망

111년만의 폭염에 가뭄
40도를 웃도는 가마솥 찜통에
열대야마저 잠 못 이룬 밤
밤낮 화탕지옥에 시달려
폭염이 기승부려 저승차사를 불러
천수백만인이 염라대왕에게 따졌으나
대왕 가로대
'나는 심판관일 뿐 지옥은 그대들이 만든 것'
이라 했다

어릴 때 겪은 사라는 대단한 여신이었다
그녀가 지나가는 자리에 집도 사람도
전봇대도 기왓장도 날려버렸다
쁘라삐룬 종다리 야기 솔릭이 자나가고

물찬 제비가 날아오네
폭염 뒤에 폭우가 내리쏟고
또 비 내리니 가을 추수가 걱정이다
처서 지난 지 오래
추분 지나 곧 추석인데
농어민은 시름 늘어나고
실직자는 근심만 깊어가네

밝은 달 청량한 바람이
하루의 고단함을 위로하고
풀벌레 여치 소리에 귀 기울이면
천하가 안락한데 무엇을 걱정하리
삶은 고통이오, 또한 즐거움일지니
그 속에 태평가를 불러보세.

〈시작메모〉

올 두 달 동안 모든 국민 아니 전세계인들이 폭염과 가뭄으로 고통받았다. 지구 온난화와 자연 파괴, 이산화탄소의 영향으로 땅과 물 공기가 모두 불덩이었다. 이대로 수십 년을 더 가면 생물이 멸종되고 수온과 기온이 높아져 무수한 생명이 살기가 힘들다는 것이다.

오래 전부터 많은 과학자와 선지자들이 경고했으나 제아무리 현대문명이라 해도 돌이키는 일은 불가능하다. 남는 것은 지구 파멸과 인류와 각종 생물의 죽음뿐인가. 남은 후손들에게 복을 선사하지 못하고 현대문명이라는 이름뿐인 재앙을 남기게 생겼다.

한편으로 우주과학은 제2 제3의 지구를 찾고 개척하기에 여념이 없다. 우주 정류장이니 위성에 가서 살겠다는 티켓과 땅까지도 예약한다고 하니 지구를 버리고 떠날 날도 그리 먼 시간이 아닐 듯 싶다. 그러나 지구의 삶이 다하고 다른 우주나 세계에 환생한다면 모를까, 광속 우주선을 타고 다른 위성으로 피난간다는 발상은 SF영화에서나 가능하지 않을까.

낙엽 1

시몬 너는 좋으냐? 낙엽 밟는 소리가
가까이 오라 우리도 언제인가 낙엽이리니
가까이 오라 밤이 오고 바람은 분다

가을 바람이 분다
가을에는 산과 들로
강으로 바다로
숲으로 낙엽 밟으러 가자
가자! 가을에는 파아란 하늘이 있고
하얀 구름이 있다
가을에는 사랑이 있다
돌샘물 마시고 낙엽 밟으며
사랑을 읊고 사랑을 노래하자

가을에는 가까운 공원 오솔길 거닐며
쓸쓸한 가을을 만끽하자
찬바람에 나부끼는 낙엽을 찬미하자
가을에는 먼 길 걸으며
단풍이 진 낙엽길을 밟고
그리운 사랑을 추억하자
다시는 못올 그 사랑을 위해

낙엽을 밟으며

사랑을 밟으며 이별을 밟으며

시몬 너는 좋으냐? 낙엽 밟는 소리가

가까이 오라

우리도 언젠가 낙엽이리니

가까이 오라

밤이 오고 바람은 분다

〈시작메모〉

가을이 되면 레 미드 구르몽의 낙엽 노래가 생각난다. 그냥 슬프고 까닭 모를 눈물이 흐른다. 파란 창공과 먼 산을 쳐다보며 까닭없이 감상에 젖는다.

어릴 때 유명한 암자에서 여름 가을을 지냈는데, 가을이 되어 수학여행 온 학생들이 매일 붐볐다. 국보 사찰이라 젊은 승려들이 돌아가면서 수백 수천 명 고교생들을 쳐다보고 마이크로 설명을 신나게 했다. 그 가을 두 달 동안 무료봉사를 하고 하이틴들과 간접적인 교감을 나누면서 보람을 느꼈다. 귀한 송이버섯 능이버섯 두부찌개를 먹던 시절의 행복은 오래 가지 못했다. 가을 끝무렵 낙엽 지는 산 중에서 20대 중반의 젊은 혈기는 슬픔으로 충만해 바랑을 메고 떠났다. 동료들이 말리고 겨울을 같이 지내자고 했지만, 쓸쓸한 마음을 달랠 길이 없었다.

더위와 가뭄 태풍이 물러간 자리에 황금 들녘과 오색 단풍이 산하를 물들이고, 철새는 만리창공을 준비한다. 들꽃에 이슬 맺히고 논밭에 서리 내리면 늙은 호박 따서 빨간 고추 멍석에 널면 늙은 어머니 허리가 굽어 보인다. 고향은 저물어 가고 먼 산에 눈 내리면 낙엽지고 누렁이도 쓸쓸하다. 사랑하는 님은 하늘 아래 어디에 있나. 문득 생각나는 계절이다. 우리도 누구나 인생의 낙엽이다. 살아 있을 때 사랑하라. 살아 있을 때 잘하라.

낙엽 2

시월의 마지막 밤에는
오래 못 만난 친구와 만나라
목로주점에서 한 잔의 술로
인생의 희노애락을 나누어라
슬플 때도
기쁠 때도
화날 때도
그리고
즐거울 때도 그대와 함께 나누어라

꽃다운 시절 지나가고
아름다운 녹색 융단을 거닐던
그때 그 시절
세찬 비바람 불고
뜨겁고 목마른 시절 지나면
안식의 날이 오리니
태양은 밝게 비추이고
황금 낙엽송 숲속을 거닐면서
가는 세월을 노래하라
하나뿐인 인생은 아름다워라
오늘을 즐기는 자

행복과 환희가 가득하리라
한 잔의 포도주를 들고
가는 시월을 노래하라.

〈시작메모〉

오후 시간 창 밖을 보면서 찻집에서 떨어지는 나무잎을 본다. 보도 위를 종종걸음하는 사람들의 어깨 위로 황금빛 은행잎이 휘날리고 바람은 가는 님을 작별하듯이 쓸쓸하다. 먼 산의 단풍을 쳐다보며 하나뿐인 시월의 마지막 밤의 연인을 떠올린다. 이 가을 먼 하늘 도솔천 내원궁을 향해 올라가는 그분들의 여행에 부디 축복있기를.

가을비

황금색 은행이파리 펄펄 날리고
가을비는 저만치 직선으로 하강하네
봄날의 화사한 꽃들
여름의 푸른 젊은 시절 지나가고
찬 바람에 단풍지는 가을
먼 산에 눈서리 내리고
기러기 만리창공을 향해 비상하면
내 마음 천리길 달려
하늘가에 닿는다
저 비가 그치면
나목은 겨울 차비를 하겠지
언제나 그렇듯이
거리에 와사등불 켜고
환한 미소로 반기겠지
가을비 내리고 나면
추풍낙엽 끌어모아
화톳불 피워 이내 찬 가슴 덥히리
청풍명월 푸른 밤 호수에 비치리.

무심한 메롱이

새벽 늦도록 잠 안 자는 고양이 한 마리
창문을 열면 늘 팔각정 기둥 선반에 앉아 있다
먹이를 구함도
누구를 기다림도 아닌
그저 앉아 있는 무심한 고양이
나처럼 이것저것 생각하고
늦도록 TV보고
밤새 글도 읽고 폰도 하고
하지만 고양이는 그저 무심하게 앉아 있다
날마다 새벽녘이면 앉아 있는
무심한 고양이
나를 닮았나 아니 닮지 않았나
고양이는 오늘도 내일도
무심하게 앉아 있다
명상에 잠긴 요가 수행자처럼
무심한 고양이 메롱이.

고독

찬바람이 분다
까막까치 한 마리 전기줄에 앉아 까악까악
마지막 잎새가 춤추고 있다
낙화를 위해서 강아지는 싸락 눈발에
혼자 좋아 날뛰고 있다
상현달이 홀로 겨울 하늘을 노저어 가고 있다
구름에 달 가듯이

먼 산에 함박눈 오고 설한풍 분다
대관령 배추는 서리서리
겨울 감나무는 말랑말랑
포항 덕장 과메기는 꾸덕꾸덕
찬서리에 동백꽃 홀로 피고
백설 같은 차꽃도 함박웃음

홀아비 홀어미 홀로 긴긴 밤 새우는
동짓달 기나긴 날
인적이 드물고
적막의 강이 흐른다
우수의 강이 흐른다
붉은 난로가에 하얀 눈이 내린다

홍로점설

카페에 혼자 앉아 커피 마신다
그리고 혼자 걸어간다
바지바람이 서걱서걱 소리난다

이 밤 지나면 밝은 태양이 떠오르겠지
가끔 구름에 가려
희끄무레하게 떠오르겠지.

시인 김규태

나는 도시의 외로운 들개
……
저무는 도시의 네거리에서
광야의 저녁 하늘을 불타는 노을을 떠올리며
눈물 짓는 개를 봤느냐
……
반쪽은 짐승 반쪽은 사람같이
어디선가 쫓겨난 들개 떠도는 영혼

시 '들개의 노래', 시인 김규태는 울부짖었다
부산에서 나고 자란 원로 시인은
인간의 삶을 고독한 떠돌이 개에 비유했다
두 개의 발로 퇴화된 직립 짐승이 되어
도시의 빌딩 가로수 대리석 기둥을 스쳐 지나가면서
석양의 불타는 노을을 바라보며
울부짖고 눈물 짓는 들개
갈 곳 없는 인간들의 군상을
고독에 몸부림치는 소외된 자들의 외침을
소리 없는 소리의 절규를
너는 들어보았느냐
보이지 않는 혼의 마음을

너는 본 적이 있느냐
이브 몽땅의 고엽을 닮은
시인은 우수와 고독으로 한 세상
하루 한 번 하늘 보고 땅 보며
그리고 저녁이면 목로주점에서
고뇌를 달래고 달래다가 마침내
하늘로 올라갔다.
……

국민배우 최불암

원로 배우 최불암이 진행하는
국민밥상 프로를 본다
방방곡곡 촌 산골 동네 해안 섬마을 다니며
이 땅 민초들이 즐겨 먹던
나물이며 해초 고기
생선 뻘낚지 조개 해산물
남과 북 동과 서
육지에서 섬으로
종횡무진 다니며
맛의 기행 맛의 문화를 남긴다
사람의 자취는 언젠가 사라지고
맛의 역사만 남아
맛의 향기를 남긴다
우리네 어머니 할머니 혹은 할아버지가 먹던
그 오랜 곰삭은 맛을 향하여
그 아름다운 사람의 향기를 찾아서
부처바위 최불암은 오늘도 내일도
수도승이 화두에 골몰하듯
농부가 연중 농사에 하늘을 쳐다보듯
국민밥상을 차린다
행복밥상을 요리한다.

○□△

하늘 우주는 진공 ○
땅은 반듯해 방정 □
사람이나 동식물 생명체는 음양의 △
○□△는 천지인 삼재三才라 하고
신 지구 인간 생물이라고도
또 다른 이름은 부처 중생 마음이라고
이름과 모양 상징은 각각이지만
뜻하는 바는 비슷한 데도 있지만
차별과 이념 인종과 종교를
다르게 보는 인간들의 눈
인간이나 뭇 생명이 본래 부처라는 화엄경 말씀
인간은 인간 짐승은 짐승이라는 인간들의 눈
인간 속에 부처 있고
인간 속에 짐승 있네
본래 깨끗함도 더러움도 없는
저 창공의 빛나는 별처럼
저 우주만한 크기와 창해일속의 좁쌀처럼.

흥국사에 행차하신 영조대왕

아침에 산사에 오니
백설이 하얗게 쌓였도다
경사스럽고 경사스런 길조구나
백성이 편안하고
나라가 태평함이로다
....

- 영조대왕의 흥국사 시

보름을 앓아 눕다
일어나 창을 여니
마당에 흰 눈이
수북이 쌓여 있고
그 위를 황금 벌판과
맑은 공기만이
뛰놀고 있다
....

- 구상 시인 시

〈시작메모〉

얼마 전 원로 시인인 구상기념사업회 회보에 난 구상 시인의 오래된 시와 문득 3백년 전의 학문과 시문에 조예가 깊었던 탕평책의 대왕인 영조가 당시 구파발 흥국사에 행차해서 소회를 밝힌 작품이다.

70년대 중반 북한산성과 가까운 산중 같은 절 흥국사에 초빙교수로 지냈던 그곳에서 머물며 판각으로 된 영조의 달필을 잊지 못하던 차에 구상 시인의 시를 읽고 불현듯 생각이 떠올랐다.

영조대왕은 딸인 옹주 한 분이 비구니가 되어 마침 흥국사에 있을 때 궁궐과는 꽤 먼 거리임에도 아침에 행차하셨는데, 절 주위가 백설로 덮혀 있는 풍경을 보고 즉석에서 읊은 오언절구를 내 나름대로 구성한 시다.

구상 시인은 연세가 어느덧 80이 가까워 젊을 때부터 기관지와 당뇨 증세가 심해 건강이 안 좋았으나 워낙 강골에 기질이 내강해 평생 동안의 간난을 문학과 신앙으로 극복한 종교적 감성이 풍부한 원로 시인이었다. 영조대왕 역시 80세를 넘긴 장수왕으로 평생 몸이 허약해 병을 오래 앓았지만 곧고 강인한 인품의 소유자였다.

조선조 임금들의 어진이 전쟁과 난리통에 거의 망실됐지만, 영조의 진영은 드물게 보존되어 있어 오늘날까지 전해진다. 약간 깡마른 분으로 섬세하고 예리한 눈초리가 인상적인 분이셨다. 구상 시인과 영조대왕은 서로 감성도 비슷하고 반듯한 도덕철학까지도 닮지 않았나 생각해 본다.

영조대왕은 왕실의 안녕과 백성들의 애민哀民사상이 깊어 늘 소박한 나물 채소 음식을 즐겼으며 사찰에도 자주 왕림해서 절음식의 소찬에 만족하고 백성들의 곤궁함과 농사 걱정, 가뭄 흉년 질병에 근심을 가진 임금이었다. 구상 시인 또한 종교와 문학 외에 인간의 고통과 고뇌를 늘 생각한 분이었다.

돼지의 꿈

돼지는 하늘 한 번 못 보고
평생 땅만 쳐다본다
식탐이 많고 우둔하다고 여기지만
개보다 영리하고
먹는 것도 조절할 줄 안다
생긴게 퍽 웃기게 생겨
인간들이 개무시해 잔치상이나
제삿날에 올리는 도야지
더럽고 못 생겼다고 욕하면서
저녁이면 삽겹살 쇠주에 환장하는
낙원동 골목길 인간 군상들 봐라
지글지글 굽고 지지고
화끈하게 들이마시고
폭소와 떠들썩한 불잔치에
도야지는 웃고 울다가
하늘나라 갈때
하늘나라 처음 봤다
몸을 뒤집어 하늘나라 임했다

살아 있을 때 모르다가
죽을 때 하늘나라가 임했음을
너나 나나 돼지나.

5 묵은 때를 벗기며

4 · 3이 머우꽈?

- 제주 4·3사태 70주년 영령들을 추모하며

오늘 남쪽 바다 천리길 외로운 섬
탐라국 국민들이 산화한 날이다
봄 벚꽃이 비바람에 흩날리듯
3만여 꽃송이가 속절없이 떨어졌다
천둥번개치고 강한 비바람에 더해
나랏님을 하늘같이 모신 나랏님의 총칼에
능욕당한 피문은 붉은 동백꽃이여
48년에서 54년까지 발생한
같은 민족을 살상한 슬픈 비극
무력 충돌과 진압 과정에서 숨진
3만 민간인 희생은 다랑쉬굴로
제주공항터에서
성산 일출봉에서 표선가시리 토산리로
섯알오름 알뜨르 감자산지에서
함덕 바닷가 동광리 무등이 탓으로
목시물골 아름다운 서귀포 정방폭포로
한라산 자락이 피로 물들고
큰오름 한라산 할망이 통곡했다
북촌리 순이 삼촌은 용케 살아남았으나
끝내 스스로 삶을 포기했다
혈시산하血屍山河 핏빛 바다

죽은 사람은 산처럼 쌓이고
수많은 오름들이 봉분처럼 솟아 올랐다
7백년 세계 최고의 강자 몽골에도 맞선
제주인들의 의거를 보아라
순수한 애국심으로 무장한 순결한 영혼은
오직 한마음뿐인 탐라인들의 곧은 성정은
마침내 가없는 벌판의 불길이 되어
저 푸른 하늘같은 바닷물 성난 파도가 되어
억압과 착취 암흑과 혼돈을 깨부수고
꺼지지 않는 등불이 되었다
몸을 불사른 한 줌의 재
영롱한 사리로 남았다
피에 굶주린 승냥이떼가 양떼를 몰듯
제주 양민들을 산으로 바닷가로
오름으로 굴로 몰아세워
드디어 지옥문 앞에서
하루 만 번 살고
하루에 만 번 죽는
만사만생萬死萬生의 무간지옥
짐승도 제새끼와 동족들을 위해 안 하건만
인간의 탈을 쓴 인간들은 왜 그래

모질고 잔인하냐. 오직 한 가지 목적 때문에
쏴 죽이고 때려 죽이고 베어 죽이고
아름다운 탐라에는 봄이 오지 않았다
깨끗한 영혼의 고향 제주에는
아직 비바람 불고 몸서리 치는 밤이다
풍랑이 인다.

노회찬 동지

우리는 살아 생전 잘해 주지 못하고
죽어서 비로소 눈물 흘릴까
노동자와 힘 없는 사회 약자
소외당하는 이웃들 위해
잊혀져 아무도 거들떠 보지 않는
한맺힌 서러움으로 아무에게도 말하지 않는
안으로 안으로 분노를 삭이는
민중들을 위해
울고 또 울고
상처받은 순한 양들을 위해
무엇을 할까
무엇을 말할까
무엇을 위해 살까
잠 못 이루는 밤에는
부끄러움을 모르는 짐승들 사이에서
고뇌하나니.

겨울 수선화 2

- 추사 김정희를 추모하며

오래도록 못 본 그 사람
오늘 사무치게 보고 싶네
눈보라치고 비바람 몰아치는 날에도
의연하게 푸르렀다
춥고 배고픈 시절에도
마음은 불같은 사랑 품고
오매불망 봄을 기다렸다
큰 산에 눈 쌓이고
바다는 성난 아수라로 으렁거려도
내 마음은 세한도 소나무로 청청하나니
언제 이 몸 가시울타리 뚫고
어머니 계시는 북녘땅 고향으로
돌아갈까
기약 없어도 다시 봄을 기다린다
저 환한 금빛 잔 옥빛 잔대로
눈 녹은 물 끓여 참새 혓바닥 닮은
비취색 찻잎 띄워
풍진세상 견디우리다
모진 세월 남녘땅에도
찬란한 황금빛 새 생명이
피고 있나니

시뻘건 화로에 눈 내리네

한 점 두 점 동백꽃 피어나네.

〈시작메모〉

이틀 전이 소한이었다. 날씨가 의외로 포근했다. 아는 지인과 점심을 나누었다. 양력 새해라 소박한 한정식이 제격.

말이 한정식이지 지방에서는 1만원으로 나물 야채가 수십 가지다. 생선도 한 마리 올랐다. 묵무침과 매생이 부침개는 서비스다. 아마 서울 같았으면 2, 3만 원이 넘을 것이라 웃으며 옆.사람과 농담 겸 덕담을 나눴다. 곁들여 설중매 석 잔.

150년 전 제주도 추운 북쪽 대정에서 9년간 귀양살이한 위리안치의 고단한 부자유의 몸으로 고통을 견딘 추사 김정희 선생이 생각났다. 당시 금석학의 대가이며 선화와 선서예가로 최고의 경지를 성취한 그의 서화는 오늘 기념비적인 불멸의 예술로 후손들의 귀감으로 남았다.

요즘 혹한의 날씨에도 정한이 많은 제주 사람 닮은 금잔옥대의 수선화가 한창 언 땅을 뚫고 진한 향기와 금빛을 피워내고 있을 것이다. 추사가 평생 잊지 못하는 음식은 소한날 먹은 채소와 각종 나물이다.

우리는 지금 얼마나 행복할까. 춥고 배고픈 그 시절에 비해 물질의 풍요와 온갖 문명의 혜택을 얻고서도 마음의 평화가 없는, 또는 모르는 세태에.

황금개띠 새해

황금돼지, 황금원숭이띠라는 말은 들어봤지만
황금개띠라는 말은 처음이다.
개도 사람처럼 형형색색으로 다르지만
그냥 누렁이 토종견이다
수입산 누런 털복숭이도 있다만
황금을 좋아하는 인간의 심리가
황금개도 만들었으리라
새해 아침 황금 햇살 비치는 바닷가 언덕에서
먼 여명을 응시하면 찬란한 금빛 불사조가
불을 토하듯 용솟음치네
가루라의 깃털이 한 번 수평선을 후리치면
대지를 덮은 검은 용이 한순간 사라지네
저 시작도 없고 끝도 없는
우주의 들판에서
목 놓아 우노라
소리치며 웃노라
한 해가 시작되고 첫 태양은 타오르고
윤회의 아침은
마침내 금까마귀 등에서 빛난다
마른 갈대의 속삭임도
붉고 푸른 오색 극락조의 깃털도
살아있음에.

〈시작메모〉

어제 새해 아침 전 같으면 산등이나 바닷가에서 일출을 맞았을 것이다. 어제는 산도 바다도 아닌 벌판의 도시 한복판에서 새해를 맞았다. 매우 드문 일이다. 작년 남해 바닷가의 일출과 오래 전 금정산 정상에서 일출을 상기했다.

올해는 60년 주기로 돌아오는 황금개띠 해라고 한다. 작년 역시 다사다난한 해로 특히 정치사상 유래 없는 선출직 대통령의 탄핵 후 조기 대선을 실시했다 .

세월은 멈추지 않고 역사는 빠르게 진행된다. 옛사람들은 시간을 화살에 비유했다. 올해도 어김없이 새해의 시위를 떠났다. 화살이 어디로 향할런지 아무도 모른다. 짐작만 할 뿐이다. 다만 공동체의 해악이 아닌 '상생조화' '원융무애'의 화살이기를 바란다. 그리고 적폐 청산을 위한 파사현정의 화살이기를.

19공탄에게

'연탄재 함부로 차지 마라
너는 누구에게
한 번이라도 뜨거운 사람이었느냐'
시인 안도현이 쓴 이 시어는
비수가 되어 수많은 사람들을 울리고 울렸다
때로는 연탄 한 장에 웃고 울던
농어촌 서민 산복도로 주민들이
연탄 한 장에 의지해
추위 달래고 밥해 먹은 60 70 80년 세대
80년대 후반 기름보일러로
90년대 이후 가스보일러로
시커먼 19공탄 졸업했다고 믿었지만
아이엠에프로 다시 19공탄이 부활했다지
도시 개발로 부자들은 더 부자가 되고
밀려난 도시난민 노약자 실업자 노숙자들은
밤하늘의 차디찬 달과 별 쳐다보며
시름을 달래었지
한 칸 슬레이트 두 칸 비닐하우스
세 칸 컨테이너에서 피워 올린
19공탄은 다시 불 붙는다
밤새 하얗게 변한 구공탄 사리舍利*

누가 함부로 차겠느냐

검고 새하얀 생명의 불덩어리를

육남매 먹여 살린 저 뜨거운 사랑을.

*불교용어. 부처나 고승들이 화장 뒤에 신체가 타고난
재의 일부가 영롱한 구슬로 화한 것. 일반인도
깨끗한 정신력의 소유자라면 생길 수 있다.

12월

마지막 달력이 한 장 남았다
세월은 가고 나도 가고
시간의 열차는 멈추지 않네
사랑하는 님들과 작별하고
언제나 또 만날까
하염없이 기다리고 기다리다 지친
그날의 12월 마지막 잎새가 떨어지고
새로운 움 돋는 날
그대 모습 볼 수 있으려나
몸은 여기 있건만
마음은 구만리 창공에 머물고 있네
창밖에 첫눈 내리던 날의 오후
아메리칸 커피 한 잔으로
그대를 기다리네
혹여 그대가 오지 않더라도
종일 이 자리 떠나지 않네
무심한 시간이 흘러도
나는 망부석이 되어
그대를 기다리네.

〈시작메모〉

어제 12월 ,첫날의 감회가 새롭다. 이제 금년도 한 달 남았다고 하니 뭔가 울컥한 심정이다. 오래 전 떠난 사람을 올해도 만나지 못하는 정한 때문인지, 아니면 못다한 일들이 산적한데 세월의 흐름에 속절없이 나도 흘러가는가 하는 회한인가. 속된 말로 뚜렷한 자취나 공든 탑은 보이지 않고 나만 홀로 쇠잔한 몸으로 겨울 낙엽처럼 서성이는가.

붉은 단풍도 향기로운 국화도 시들었다. 먼 산에 눈 내리고 얼음 소식 듣고 불현듯 지난 여름의 뜨거움을 떠올린다. 청록색 젊음이 엊그제 같은데 낡은 갈색 인생이라니 서글프다.

그러나 발가벗은 나목이 이 겨울 지나면 분홍빛 속살이 차오르듯 메마른 가지에 고로쇠물 솟듯 그렇게 또 이 겨울의 설한풍을 견딜 것이다. 캄캄한 밤중이면 새벽이 멀지 않으리라.

아득한 성자 무산오현

- 무산오현 대종사 추모시

눈가에 보살의 슬픔 그윽하고
입가에 돌부처 미소를 함박 머금은
평생 문학과 방랑과 무애행으로
만해 한용운 빼닮은 무산오현 옹이시여
오늘 먼길 떠나 도솔천 내원궁에 오르시려는가
평생 낯모르는 어머니 찾아
마고 성모님 찾아 가시려나
아득한 성자는 하늘 위에 있고
상처뿐인 고독한 민중은 땅에 있네
설악산 정상에는 백설이 흩날리고
사람 사는 진세塵世에는 비가 내리네
불법문중에 불법佛法없고
사람 사는 세상에 사람 없네
선사의 사자후는 아직 쟁쟁한데
길 잃은 야수들이 벌판에서 우짖는다
아승지겁 생사윤회하는 중생들 곁에서
길 없는 길 가리키는 몸짓은
보고도 보지 못하고
들어도 듣지 못하는
애민중생哀民衆生 동체대비同體大悲
발고여락拔苦與樂 안심입명安心立命

보살성자 무산오현 선사여
이제 가시면 언제 또 오시려나
사바세계 중생들은 선사의 귀환을 바래노니
천당 극락에는 길이 없어도 가고
지옥문은 열려 있어도
길이 막혀 못 간다네
암흑 세상 한반도에 광명이 비치고
평화의 함성이 울려퍼지리
남북 관통하는 시베리아 열차는
마침내 기적을 울리고
선사의 평생 염원을 싣고 달린다네
남에서 북으로
동에서 서로
서에서 동으로
중생들의 삶이 다함이 없듯
선사의 자비광명도 무진無盡이라네

선사여! 선사여!
속환사바速還娑婆하소서!
천당 극락에 오래 머물지 말고
사람 사는 세상에 다시 오소서!

와서 돈 있거나 없거나
귀하거나 천하거나
높거나 낮거나
한결같이 평등하게
따뜻하게 감싸주는
어머니처럼
때로는 곰방대 문 할아버지가 손자에게
조근조근 속삭이듯 들려주다가
때로는 포효하는 우뢰음으로 일깨웠나니
관세음보살의 애민자비愛民慈悲로
말세 중생들 두루 살피고
녹차 한 잔, 곡차 한 사발로
고락을 나누소서
함께 울고
함께 웃고
다 함께 무애춤을 추소서
다 같이 생사윤회가 없는
무여열반無餘涅槃의 무애가를
부르소서.

〈시작메모〉

사흘 전 87세로 열반하신 설악산 조실, 무산오현 대종사는 불교계 원로 승려로 독특한 삶을 살았다 .

그는 어릴때 얼굴 모르는 어머니에 이끌려 절집에서 자랐고 평생 어머니를 그리워했다. 내가 스님에게서 직접 들은 것은 친모가 돌아가시 전 찾아오셨다고 전한다. 늙고 누추한 모습의 노파가 바람결처럼 찾아왔다고 했다.

해방 전후로 우리들의 삶은 피폐했고 생활고에 허덕였다. 뜻하지 않은 임신으로 미혼모의 어머니를 맞닥뜨린 참담한 심정이었으나 스님의 회고는 담담해서 마치 시를 읊는 것과도 같았다.

그것도 유명 명사들이 있는 자리에서 고뇌의 삶을 고백한다는 것은 보통 사람에게는 감추고 싶은 것이지만, 스님은 역시 꾸밈이 없는 천진한 도인다웠다.

젊었을 때의 방랑과 문학은, 아마 스님의 어린 시절 운명과도 같은 천애 고독의 삶에 기인한 것이라 짐작해본다. 평생 추구한 집착 없는 참선, 염불의 수행력은 무애와 초탈의 삶을 가능하게 하였을 것이다.

중생의 헛된 욕망이 모든 갈등과 고통의 원인임에도 벗어날줄 모르는 부나비의 삶을 애민히 여기고 생사윤회에서 벗어나는 삶을 보여준 것이다.

특히 스님의 약자에 대한 자비심의 큰사랑은 유명했고 차별 없는 평등사상은 아득한 성자의 삶으로 나타났다. 우리 사회에 나이 많은 원로가 많지만, 스님은 승려로서 덕과 지혜를 널리 베풀고 모든 것을 회향해서 마침내 무소유의 삶과 더불어 무량한 삶의 향기를 남긴 분으로 우리 시대의 큰스승으로서 자취를 남기셨다.

때마침 남북정상 2차 회담을 마치고 귀경한 문재인 대통령도 스님의 생전 일화를 소개하며 덕을 칭송했다.

4~50년의 오랜 인연을 갖고 있는 후배로서 무산오현 조실께 녹차 석 잔과 곡차 한 사발을 올린다. 삼가 분향하며 애도한다.

동포 여러분 반갑습니다

90년대 중반 심양의 북한 식당에서 느닷없이
'동포 여러분 반갑습니다. 형제 여러분 반갑습니다'
라는 노래가 흘러나왔을 때
꽃 같은 평양 복무원이 노래 불렀을 때
반공으로 무장된 나의 애국심은
북한 노래를 부르거나
북한 노래를 듣거나
북한 노래를 찬양하거나
이러다가 국가보안법에 걸려
돌아가면 국립호텔 가서 천일기도하듯
면벽수도하는 게 아닐런지
노심초사했다
단순하고 흥이 나는 노래로
같은 동포 같은 민족을 환영하는 노래이건만
북한 음악이라는 이유 하나로
내가 무슨 죄를 짓지 않았나
노래를 들으면 누구나 금방 외울 수 있는
이념도 적대적 이데올로기도 정치적 선전도 없는
수년 후 한국 방송에 선을 보였다.
또 수년 후 평양의 합창단원들과 가수들이
동계올림픽 북한 선수단이

해외동포 만찬 장소에서 한국 대통령이
얼마 전에는 미국 가서 국회의장이
부르고 듣고 제창하고 감상했다

동포 여러분 형제 여러분
반갑습니다
반갑습니다
반갑습니다
반갑습니다

이적죄 찬양고무죄 간첩죄 무시무시한
안보 올가미 국가보안법은 이름만 남고
형체는 사라졌다
한반도 호랑이는 사라지고
호랑이 가죽은 남아 이름만 남아
남북한 평화공존을 위하여
한반도 평화를 위하여
동북아 세계평화를 위하여
반갑습니다
반갑습니다.

왕소군에게

아지랑이 봄날
그대를 생각하네
머나먼 흉노의 땅으로
떠나던 날
사랑하는 부모형제와 연인
홀로 두고
그리운 고향산천 등진 채
천마에 올라
꽃도 풀도 없는
민둥 사막으로 만리길 달려
황토 모래바람이 비단옷 후려치고
고운 님 낯 얼룩지게 했으니
슬픔에 잠긴 그대여
오늘 황사 바람 부는 날
절세가인 눈물이 떨어져
진주 되어 이슬로 맺혔으리
이곳 남쪽은 꽃비 내리는 봄날
그곳 북쪽은 비 한 방울 내리지 않는
황폐한 땅의 겨울
그날의 피눈물 흘리며 떠난
왕소군을 생각하며

남북으로 갈라선 이땅의 형제들
다시 만나리라
끊어진 다리를 잇고
철마에 올라
천하를 굽어보리라
본래 남북도 없고
본래 동서도 없는 길 없는 길을
오늘 남으로 북으로
혹은 동으로 서로
시들지 않는 천년의 연인
왕소군을 만나자
천산산맥 지나 대초원 길로
그날의 꿈길을 향해
아이유와 방탄소년과 더불어
혹은 알리와 김추자도 같이
싸이와 말춤 추며
철마 타고 만리길 떠나자
은산 철벽 마의 장벽을 뚫고
승리의 세레모니 펼치며
환희의 송가 부르며.

묵은 때를 벗기며

오늘 양력 말 12.31일
전통적으로 음력 말일 납월 납일이
한 해의 그믐이라는데
요새는 양력이 새해이고
음력은 민속명절로 통일했다
남북평화통일이면 얼마나 좋겠냐만은
양력 음력 새해의 이중과세가 낭비라 해서
양력은 ㅇ 음력은 ㅇ일로 통일했던 것
동네 목욕탕에 가서 탕에 몸 담그고
몇번 물 끼얹고
살살 때 문지르고
짧은 머리와 팔 다리와
등과 배 사타구니 발바닥까지
씻었다만 때가 별로 없구나
샤워하고 다시 탕에 들어가
뜨거운 물에 몸 뉘이고
다시 몇번 물 끼얹고
목욕 끝이다
한해 묵은 때 벗기고 나면
내일 다시 때가 끼일라나
당나라 육조도인은

'본래 몸은 보리수요,
거울은 본래 때가 없다'고 했거늘
오탁악세의 중생들은
때를 입히고
때를 벗기고
일년 내내 반복한다
오늘도 내일도
올해도 다음해도
아니 금생에도
다음 생에도 무한 반복하겠지
때 때 때
묵은 때
새 때…

만해 마을에 용이 산다

만해 마을에 용이 산다

밤새 사나운 바람 몰아치더니
큰용 한 마리 산천을 휘젓고 있다
웅웅~~ 웅웅~~
휘이 휘이~~
세세~~ 세세~~
솨아~~ 솨아~~
칠흑 같은 밤 잠든 적막의 강을
여의주 물고 비상하는 청룡 황룡이
불을 토하고 있다
하늘로 용솟음치다가
홀연히
용트림하네
용이 물 만나야 하늘 오르듯
사람도 용 만나야 사람 노릇 하려나
개천에 용나듯이

정이월 돌개바람에
영등할매 용타고 하늘에서 내려오네.

다선일여茶禪一如 다시일여茶詩一如의 윤소암 시

김동원(시인)

가슴이 아름다운 사람과 만나고 싶다
아름다움을 보면 감동하고
글썽이는 눈물을 보면 슬퍼하고
불의를 보면 분연히 떨치는
가슴이 따뜻한 사람과 만나고 싶다.
그런 사람이라면 차 마시고 시 읊고
한 오백생 같이 살면서 피와 살 섞어도

아름답고
상쾌하고
향그럽다

해지는 저녁 노을 같이 바라보면서
아침 이슬 같이 밟으면서
호박 빛 차 한 잔 같이 마시면서

머리가 수정같이 맑고
가슴이 불같이 뜨거운
느낌 있고 눈물 많고 차거운 사람아
용기 있고 슬기롭고 정다운 사람아

차 한 잔 마시고 싶다
차 한 잔 나누고 싶다.

옆에 있어도 없는 것 같이
옆에 있어도 있는 것 같이

어떤 분은 종교의 신神으로, 어떤 분은 기氣로, 어떤 분은 애愛로, 어떤 분은 차茶로, 어떤 분은 시詩로, 또 어떤 분은 서書로 그들의 에너지를 끊임없이 뽑아내 그 경지에 도달하고자 한다.

광활한 우주 속에서 참 자아를 찾아 목숨을 걸고 이 땅을 활보해 간 무수한 인간 초극을 생각하면 신의 경지는 극한의 고행을 거쳐야 이룰 수 있음은 두 말 할 것도 없다.

이 무수한 신의 계단으로 가는 여정 속에 다시茶詩로서 도道에 들고자 한 사람이 승려시인 소암이다.

소암의 명시 「가슴이 아름다운 사람」은 1992년 간행된 그의 시집 『산다화 피는 날』에 수록되어 있다. 가슴이 아름다운 사람을 보고 있으면 아침 연못에 갓 핀 연꽃의 청초함과 순수함이 떠오른다.

가슴이 따뜻한 사람과 만나고 싶다

그런 사람이라면
차 마시고 시 읊고
한 오백생 같이 살면서 피와 살 섞어도

아름답고
상쾌하고
향그럽다

해지는 저녁 노을 같이 바라보면서
아침 이슬 같이 밟으면서
호박빛 차 한 잔 같이 마시면서

이 시구를 대하면 왠지 모를 뜨뜻함이 가슴에 꽉 찬다. 한오백생 같이 살면서 호박빛 차 한 잔 같이 마시고 싶은 사람을 기다리는 것은 꿈처럼 좋은 것이다.

소암의 이승에서 가진 그 귀한 마음이 내 온몸 속에 깊숙이 저려오는 것은 나 또한 그리움이 많기 때문이다.

소암의 다시茶詩엔 어쩐지 그 옛날 이루지 못한 어떤 사랑이 쓸쓸하게 비처 보인다.

아마 산정에 앉아 저녁노을을 보며 옆에 있어도 없는 것 같이, 옆에 없어도 있는 것 같이를 읊조리면 누구나 시인이 되겠다. 옆에 있어도 없는 것 같이/ 옆에 없어도 있는 것 같이 ,

그 허공에 번지는 노을의 붉음도 붉음이려니와 조금씩 잠겨드는 산의 적막이 산 자에게는 참으로 속 깊은 울음이 된다.

*

소암 시집
아프니까 사랑이다

초판 인쇄 2019년 6월 25일
초판 발행 2019년 6월 30일

윤소암 지음
홍철부 펴냄

펴낸곳 문지사
등록 제25100-2002-000038호
주소 서울특별시 은평구 갈현로 312
전화 02)386-8451/2
팩스 02)386-8453

ISBN 978-89-8308-543-6 (03810)
값 10,000원